héhérazade

en forêt de

rocéliande

© L'Harmattan, 2009
5-7, rue de l'Ecole polytechnique ; 75005 Paris

http://www.librairieharmattan.com
diffusion.harmattan@wanadoo.fr
harmattan1@wanadoo.fr

ISBN : 978-2-296-08156-7
EAN : 9782296081567

Marie-Line BALZAMONT

Shéhérazade en forêt de Brocéliande

Illustrations de Joanna Konatowicz

L'Harmattan

Ouvrages du même auteur
chez le même éditeur

La geste de Cuchulainn
Récit mythologique irlandais
ISBN : 2-296-00503-9
Avril 2006

Contes médiévaux du Quartier Mouffetard
Inspirés des fabliaux du XIIe siècle
ISBN : 978-2-296-04236-0
Octobre 2007

*A Hector Balzamont,
Frédéric Lecomte
et Chloé Molson.*

Au pays de Féerie

Tout le monde connaît les histoires que Shéhérazade contait au prince de Bagdad, mille et une nuits durant. Mais qui sait, que ses mille et une nuits se répétèrent pendant des centaines d'années, d'oasis en désert, jusqu'aux confins de l'Orient mythique... et que la Belle, lasse de Sinbad et d'Aladin, s'ennuyant à mourir, rêvait d'évasion et de contrées inconnues ?

Le monde des fées a cet avantage de parler toutes les langues et d'atteindre tous les lieux à toutes les époques. C'est ce qui en fait un monde merveilleux : ni temps, ni frontière... Il y a bien des interdits, mais jamais rien d'impossible.

Penchée au-dessus de son chaudron magique, la fée Morghane en Avalon souffrait du même ennui que Shéhérazade. Depuis tant d'années qu'Arthur et ses compagnons dormaient sur son île, et que sa tante Viviane en forêt de Brocéliande retenait Merlin prisonnier... Les conteurs celtiques ressassaient sans cesse les mêmes histoires et elle se sentait seule et désœuvrée. Or il advint qu'un jour, les deux donzelles se virent au-dessus de leurs vasques respectives. Elles furent chacune émerveillée par la contrée de l'autre.

Mais Shéhérazade, qui était de loin la plus bavarde des deux, convainquit Morghane de la laisser venir. Et la fille d'Ygraine usa d'un de ses charmes incantatoires…

Le matin suivant, lorsque Sofiane-le-Conteur s'éveilla sur les bords du Nil, il eut la très désagréable surprise d'ouvrir un livre blanc !! Plus rien ni personne ! Tout avait disparu des pages, des miroirs, des reflets chantants et de la face du ciel… Mais surtout de la mémoire des Hommes… Le monde était vide de sens.

Le conteur se mit en route à la recherche de ses personnages et voilà ce qu'il vit : au-delà du désert pousse une palmeraie que borde un long fleuve. Lorsqu'on le remonte, on arrive au sommet des montagnes d'où l'on contemple l'horizon et au-delà de l'horizon se trouve le Grand Océan où l'on vogue vers le Nord : terre sans lumière aux brumes persistantes, peuplée d'esprits qu'on dit fort malfaisants…

Le conteur de l'Orient mythique traversa tous les mondes qui se découvrirent à lui et vécut beaucoup d'aventures plus ou moins racontables… Mais nulle part il ne retrouva Shéhérazade. On l'avait vue par-ci, on l'avait rencontrée par-là, on avait entendu parler d'elle, on avait écouté ses histoires…

Si tout le monde savait d'où elle venait, personne ne savait où elle allait. La trace se perdait en conjecture, et finalement tout le monde mentait…

Sofiane-le-Conteur continua son chemin, patient et philosophe. Un jour, quelque part au bout de la terre, s'étant arrêté près d'une jolie fontaine chantante, Sofiane se sentit gagné par une étrange torpeur…

Peu après, des êtres invisibles le transportèrent dans les airs, et il se réveilla dans le plus beau jardin qui soit, auprès d'une femme aux atours splendides :
- Je m'appelle Viviane, lui dit-elle, je règne sur ce val où tu es le bienvenu.

Heureux de cette tournure Sofiane profita de l'agréable sort qu'on lui réservait. L'endroit était idyllique et la vie y était douce. Jamais conteur ne fut plus merveilleusement entouré. Cependant, le moment de reprendre ses esprits arriva, comme toujours… Toutes ces charmantes créatures lui en rappelèrent une autre. Une fieffée celle-là qui s'était échappée du livre des merveilles pour aller vagabonder dans la littérature étrangère.

Sofiane raconta son histoire. Posa ses questions. Chercha le moindre renseignement. Mais personne ne put lui répondre, car cela n'était écrit nulle part. Alors il partit à la découverte de cette terre nouvelle…

Cette vallée n'atteignait aucun horizon. On n'en voyait jamais la fin. Épuisé par sa quête, le conteur trouva à se reposer auprès d'une fontaine, comme il semblait y en avoir tellement dans cette fertile région d'Armorique. Il s'assoupit et – rêve ou réalité ? – il entendit une voix profonde et mélodieuse dont la lassitude était cependant très perceptible, l'appeler par son nom.

- Qui es-tu dormeur bienheureux ? Chevalier ou manant ? Je ne te distingue pas !
Étonné, le conteur répondit :
- Je suis Sofiane-le-Conteur de l'antique cité de Thèbes en Egypte.
- Ah ! fit la voix, il y a fort longtemps, un autre Égyptien est déjà venu ici, il s'appelait Bachir, je me souviens… Un jeune homme joyeux plein de malice qui chantait à merveille. Il était pêcheur sur le Nil et son amour des ondes l'avait conduit ici.
- Bachir Baahri, le marin ? C'était mon grand-père. Un poète. Il s'était mis en tête de découvrir l'origine de l'eau, persuadé d'y rencontrer la mère de toute vie, puisque la vie nous vient de l'eau. Il

est parti un jour, et il a remonté tous les fleuves jusqu'à leur unique source dit-on…

- Et alors ?

- Et alors rien, on ne l'a jamais revu. Certains disent qu'il s'est noyé dans le Grand Océan au-delà de l'horizon.

- Ton grand-père ne s'est pas noyé. Je ne sais comment il est arrivé ici, mais il y est resté longtemps et le temps d'ici n'est pas le temps des Hommes.

Voilà comment Sofiane-le-Conteur apprit le secret de ses origines au cœur de Brocéliande, par Merlin l'Enchanteur.

Les révélations de Merlin

Bachir, le grand-père disparu de Sofiane, était un marin à la voix d'or, si amoureux des eaux qu'il décida d'en découvrir la source unique et se retrouva bientôt à voguer sur le Grand Océan. Une violente tempête le fit dériver jusqu'aux rivages d'Avalon où il s'échoua inconscient.

Or, à cette époque, Morghane et Viviane se querellaient sans cesse au sujet du Val-sans-Retour où la poésie était retenue prisonnière du temps. Les prêtresses d'Avalon recueillirent le naufragé et le soignèrent. Bachir, remis de ses peines, voulut remercier ses hôtesses par ses plus belles chansons. Et afin d'être encore plus enchanteur, il prit sa flûte et se mit à jouer… C'est alors que l'on vit les plus méchantes fées, celles dont la langue était réputée venimeuse, s'endormir doucement au son de l'instrument. Il y eut d'abord une grande épouvante chez les Dames d'Avalon !! Mais bien vite Morghane vit l'intérêt du phénomène et convainquit le jeune marin d'embarquer pour le Val-sans-Retour en petite Bretagne, où lui dit-elle, il rencontrerait la Déesse Mère des Eaux.

Il s'agissait d'un cadeau empoisonné pour la belle Viviane qui, Morghane n'en doutait pas, s'endormirait au premier son de la flûte enchantée de Bachir. Mais Nimue, la première amante de l'enchanteur Merlin, toujours éprise de lui, bien qu'il soit retenu dans sa prison d'air de Barenton, le sachant mi-ange, mi-démon, craignit que le nouveau sortilège n'atteignit aussi son bien-aimé. Elle proposa d'escorter Bachir en Brocéliande et, au cours de la traversée, lui déroba l'instrument magique, qu'elle jeta à l'ouest du grand océan.

Bachir vint au Val de Viviane. Ils se plurent. Tout commença comme un conte de fées, ce qui ici, est tout à fait normal. Et comme tous les humains, un jour il reprit ses esprits, se remémora les rives du Nil et voulut y retourner. Bien sûr Viviane refusa. Bien sûr il tenta de fuir, comme tous les autres prisonniers de la fée qu'ils soient rois, princes ou chevaliers. Seulement lui y parvint grâce à l'aide de Nimue qui redoutait que son oisiveté ne lui laisse l'envie et le temps de se fabriquer un autre instrument. Une nuit donc, ils embarquèrent clandestinement à bord de la barge d'Avalon et glissèrent silencieusement sur les eaux du Temps, s'éloignant de Brocéliande par la voie des rêves… De retour sur le Grand Océan, ils cinglèrent vers le sud. Nimue tint sa promesse et reconduisit Bachir-le-Marin jusqu'au bord du fleuve qui l'avait vu naître. Le jeune homme fut heureux de rentrer chez lui. Bien qu'il ne se sentît pas tout à fait à l'aise…

Le retour de Bachir

De retour à Thèbes, Bachir marcha plusieurs jours avant d'atteindre sa maison et eut la surprise de la retrouver presque vide. Seule une vieille femme vêtue comme une veuve sommeillait à côté du berceau de son fils. L'enfant dormait paisiblement, exactement comme il l'avait laissé quelques semaines auparavant, avant son départ pour cet incroyable périple. Il s'approcha de la vieille femme, la réveilla doucement et lui demanda où étaient passés les habitants de la maison. La femme leva un regard épuisé par les chagrins vers le jeune arrivant et lui répondit :

- Vous êtes chez mon fils, Samir Baahri qui est au marché de Thèbes avec son épouse et ses fils. Vous le trouverez là-bas, certainement près du marchand de tissu d'Assouan : c'est son ami qui le tient au courant des navires qui arrivent du Nord.

- Samir Baahri dites-vous ? Mais cela ne se peut !! Vous devez certainement parlé de Bachir Baahri, son père, le marin...

- Ah, jeune homme on vous aura mal renseigné. Bachir était mon époux, mais voyez-vous, il n'était pas tout à fait comme les autres : c'était un poète. Et sa fantaisie l'a tué pour le malheur de tous ! J'étais jeune, belle et solide lorsque ce fou s'est mis en tête de remonter les fleuves jusqu'à l'unique origine des eaux ! Il était persuadé qu'à la Grande-Source vivait la Mère-de-Toute-Vie. Et rien n'a pu le retenir, ni le chagrin de sa mère, ni mon désespoir, ni même la fragilité de son fils Samir, qui n'était qu'un nourrisson pas plus grand que celui-ci… Il est parti voici plus de trente ans, et on ne l'a jamais revu ! Depuis, mon fils Samir attend les nouvelles des navires marchands en provenance du Nord, car c'est sur un de ces bateaux que son fou de père a embarqué.

Bachir comprit alors d'où lui venait cette étrange impression de ne pas reconnaître les choses tout à fait. Au pays des Fées, le temps des Hommes passe en une journée. Ainsi, sa vie s'était-elle écoulée le temps d'un songe, loin des siens, pour lesquels il n'était plus qu'un fou disparu au large de ses rêves. Un mauvais fils, un mauvais époux et un mauvais père.

Il salua la vieille femme qu'était devenue son épouse, hélas, si peu connue. Que pouvait-il lui dire, après tout ce temps ? Il quitta ce qui aurait dû être son foyer, sans se retourner, abattu par le remord et les regrets. Il marcha sans but, perdu dans de sombres pensées, et arriva sans l'avoir voulu au marché de Thèbes, justement là où son fils Samir discutait avec un vieillard autour d'un étalage de tissu. Il s'approcha près de ce fils qu'il ne connaîtrait pas, et qui aujourd'hui était déjà un homme en quête de ses origines…

- Pourquoi cherches-tu encore ce que la mer ne te rendra pas ? demandait le vieillard.

- Je n'abandonnerai jamais. Tu le sais bien ! Je viendrai toujours aux nouvelles. Si la mer m'a pris mon père, elle me le rendra tôt ou tard.

- Eh bien, j'ai entendu dire qu'un navire marchand en provenance du Nord rapportait les débris d'un naufrage ayant eu lieu aux frontières du Grand Océan. Peut-être y trouveras-tu quelque chose cette fois-ci… Mais après tout ce temps, trente longues années mon fils, ne penses-tu pas que ton père t'aurait donné un signe ? Je ne sais pas moi, il y a mille et une façons de donner des nouvelles aux siens lorsqu'on en est éloigné… Mais Samir, fils de Bachir le Marin, avait semble-t-il hérité de l'entêtement de son père. Le vieux marchand reprit :

- Tu te présenteras au port demain matin, demande à voir Ossian de ma part et il te conduira au navire.

Bachir regarda son fils s'éloigner. Un grand gaillard solide et décidé presque plus âgé que lui à présent, puisque son séjour dans l'Autre Monde l'avait préservé de tout vieillissement. Il comprit à quel point plus aucun retour n'était possible auprès des siens. Mais il lui fallait agir pour soulager la détresse de Samir.

Après avoir réfléchi longuement, il prit la décision de se faire passer pour mort et s'inventa une belle histoire à faire raconter. Au lieu de l'incroyable et triste vérité d'un homme abusé par les fées, il transforma son personnage en un aventurier que le souci de la prospérité des siens avait mené aux confins du monde connu, mais que le destin, tragique et cruel, avait fait disparaître dans le tourment des flots au moment de son retour tant espéré…

Il reconnut être un bon chanteur, mais un piètre conteur. Il se rendit tout de même près de l'écrivain public auquel il dicta son histoire… Il finit sa lettre en recommandant à son fils d'apprendre à toute sa descendance la science des charmeurs de serpent, et lui fit ses adieux.

La lettre en main, il se rendit auprès des marins du navire marchand que son fils devait rencontrer le lendemain et leur remit son message. Il traîna encore à Thèbes, réfléchissant à son avenir. Et au petit matin il s'embarqua sur un navire en partance pour les Indes.

Ainsi disparut de cette légende Bachir, le grand-père mythique de Sofiane-le-Conteur qui, lui-même, perdit Shéhérazade en Brocéliande…

Le conteur et la sorcière

Lorsque la voix de Merlin se tut, Sofiane ne fut pas certain d'avoir dormi. Il regarda tout autour de lui, mais ne vit rien qui puisse accréditer son rêve, ni la présence de l'enchanteur d'ailleurs. Il reprit sa route à la recherche de quelque chose lui permettant de quitter cette vallée.

Mais, bientôt, il lui parut évident qu'on y était bel et bien prisonnier. Il s'assit à l'ombre d'un chêne et réfléchit à son sort… Il eut de la peine de devoir quitter tout ce qui avait fait sa vie. Il en voulut à Shéhérazade de l'avoir conduit jusque-là pour une aussi triste fin.

Mais il se montra philosophe et accepta son sort. Il décida donc de retourner au château de Viviane. Ce faisant, il rompit le sortilège et se trouva libéré des enchantements de la fée. Mais il ne le savait pas. Le temps lui parut plus long, et il revit de nouveau la nuit tomber. Cherchant à s'abriter, il fut attiré par le chant d'une femme un peu plus loin devant lui. Cette complainte était d'une grande tristesse…

Sofiane se présenta à la porte de la cabane d'où venait le chant. Il y frappa et une très vieille femme, bossue, à la figure parcheminée et plutôt horrible à voir, lui ouvrit la porte.

Devant la surprise du jeune homme, la vieille s'effaça et le pria d'entrer se réchauffer près de son feu.

L'allure était effrayante, mais la voix et le ton doux et bienveillants. Sofiane hésita, puis accepta l'invitation.

- Qui es-tu jeune étranger ? Il me semble t'avoir déjà vu…

- Si vous avez connu Bachir le Marin, alors vous avez connu mon grand-père, et peut-être que je lui ressemble ?

La vieille s'interrompit un instant, puis se tourna vers le conteur, la voix rauque et le regard sombre.

- Bachir l'Egyptien, l'homme à la flûte enchantée ? Comment l'oublier celui-là ? C'est par sa faute que mes malheurs sont arrivés !!

La confession de Nimue

- Je m'appelle Nimue et je suis une nymphe des bois. J'étais attachée à la fée Viviane vois-tu, je lui servais de messagère lorsqu'elle voulait communiquer avec les hommes forts guerriers en ces temps-là ! Les êtres comme moi, possédant le don de parler aux Hommes, s'appelaient des saraïdes...

Un jour, Viviane m'envoya auprès d'un magicien dont elle recherchait les secrets et qui protégeait un jeune roi du nom d'Arthur... Or, je suis tombée amoureuse de cet enchanteur...

C'était le plus grand magicien de ce monde. Le plus bel homme aussi, bien qu'il soit d'ascendance diabolique, disait-on. Je devins sa maîtresse et je perdis par là même mes pouvoirs féeriques, à l'exception de ma jeunesse.

Craignant le courroux de Viviane – qui n'était déjà pas d'un caractère facile – Merlin me cacha dans cette forêt où nous avons été très heureux... hélas, pas très longtemps, car la féroce fée nous retrouva et, lorsqu'il la vit, Merlin en devint amoureux... Viviane prit ma place ici et dans le cœur de l'enchanteur et je n'ai rien pu faire contre cette passion.

Alors, je me suis retirée en Avalon auprès de Morghane-la-Fée, nièce belliqueuse de Viviane. Elle m'accepta parmi ses prêtresses. De temps à autre je pouvais l'accompagner lors de ses brefs séjours en Brocéliande, et ainsi suivre de loin l'évolution de Merlin.

Il fit des merveilles et longtemps il échappa aux pièges de Viviane. Mais vint un moment où les Hommes s'affaiblirent et rompirent l'antique alliance avec les esprits de la Nature. Alors Merlin se trouva désœuvré en quelque sorte, et ne chercha plus à se défendre de la fée. Il lui confia ses secrets et son pouvoir, afin de rester auprès d'elle... Viviane se servit de sa magie pour l'endormir. Puis elle l'enferma dans une prison d'air qu'elle relégua au fond d'une grotte profonde, quelque part sous cette forêt.

Alors, le monde devint gris et il n'y eut plus ni jour ni nuit. Ce fut le règne du tout-puissant désir... Il n'y eut bientôt presque plus de contacts entre Avalon et Brocéliande. Sauf par la Barge des Songes sur l'océan des rêves...

Aussi, lorsqu'on trouva échoué sur le rivage un naufragé de la race des Hommes, on comprit que le temps de Viviane touchait à sa fin... Du moins, l'espéra-t-on fortement !

Le charme de Bachir

Morghane et ses prêtresses recueillirent l'homme, le soignèrent et une fois rétabli, celui-ci nous dit s'appeler Bachir, venir d'Egypte et chercher l'unique source des eaux où il espérait trouver la Mère Divine.

Ton grand-père, car il s'agit bien de lui n'est-ce pas, était un excellent chanteur et nous aimions toutes l'entendre. Lui aussi aimait nos chants et surtout nos harpes. Je me souviens comment Morghane cherchait à le charmer. En fait, nous rivalisions toutes un peu.

Bachir voulut nous étonner en jouant de sa flûte, instrument que nous ne connaissions pas en Avalon. Et voici que le miracle se produisit : les plus méchantes langues de vipère de notre confrérie s'endormirent désarmées. La flûte de Bachir était enchantée.

D'abord nous fûmes effrayées, mais très vite, Morghane décida d'envoyer le musicien chez sa tante Viviane en Brocéliande pour l'enlever et trouver le moyen de lui retirer sa magie. Hélas, je craignis pour Merlin qui était à moitié démon et ne voulus pas prendre de risque.

Je demandais d'accompagner ton grand-père au Val-sans-Retour, et durant le trajet, je jetai l'instrument par-dessus bord... Puis Bachir succomba aux charmes de Viviane...

Mais comme tous les humains il finit par se lasser de sa vie oisive. Redoutant qu'il ne fabrique une autre flûte, je l'aidai à s'évader et le remis sur les bords du Nil...

Peu après, Morghane apprit ma trahison et me métamorphosa en cette hideuse sorcière condamnée à trouver sa nourriture et son bois dans les lointaines forêts, où j'effraie tout le monde !! Certains me nomment maintenant la Carabosse, et d'autres la Befana... J'hante désormais les contes d'une bien méchante façon... Je me dois de retrouver la flûte enchantée. Mais comment vais-je faire ?

Morghane savait que le sort ne pouvait atteindre Merlin car sa prison le protégeait. J'aurais dû lui confier mes craintes et rien de tout cela ne serait arrivé.

Les deux hôtes restèrent silencieux longtemps. Puis, Nimue reprit sa harpe et se mit à chanter pour soulager son cœur... Le lendemain, la vieille femme s'absenta toute la journée. Elle revint fourbue mais le sourire aux lèvres.

- Aide-moi à transporter ce sac dans la grange là-bas…

Sofiane obéit.

- Tu ne demandes pas ce qu'il y a dedans ? Tu es bien poli. Je suis allée récolter de quoi apaiser la terrible Morghane lorsque nous la retrouverons.
- Pourquoi invoquer celle qui vous a envoûtée ?
- Parce que je suppose que comme ton aïeul, tu sais jouer de la flûte ?
- Oui, mais sans instrument…
- Eh bien, Morghane devrait trouver où récupérer l'autre…
- Je l'espère pour vous, mais je trouve cela trop risqué…
- Il est temps que cette histoire se termine non ?
- Vous avez de la chance de pouvoir le penser, je suis perdu et enfermé ici, je ne rentrerai jamais chez moi. Et ce qui est plus grave je ne retrouverai pas Shéhérazade, l'héroïne de nos contes. Sans elle l'Orient mythique s'endort et la poésie se meurt…

Sofiane conte Shéhérazade.

- Qui est Shéhérazade ? Et pourquoi es-tu venu ici ? N'est-ce pas pour retrouver la trace de ton grand-père ?
- Non, je ne savais même pas qu'il était en vie et ce qu'il lui était arrivé. J'étais un très tranquille conteur parmi les conteurs tranquilles qui déambulent le long du Nil. J'aimais errer dans le désert. Ma vie était simple et anonyme. Je parlais rarement à mon père. Quant à lui, il ne me parlait jamais du sien.

Il y a très longtemps - peut-être même à l'aube des temps - Shéhérazade était la fille du ministre d'un sultan qui jadis, meurtri par l'amour, tuait ses épouses le lendemain de ses noces. Aussi pour arrêter le massacre, se présenta-t-elle en sacrifice au prince. Elle obtint de lui, de pouvoir raconter un dernier conte à sa jeune sœur, la nuit précédant son exécution. Conte qui retint l'attention du tyran et ainsi le tint-elle en haleine mille et une nuits au bout desquelles le sultan décida de la garder comme épouse.

- Une bien belle histoire que tu me racontes là. Shéhérazade est rusée et courageuse, elle serait très appréciée dans le monde des fées…

- Depuis des centaines d'années nous aimions tous ces histoires. Nous nous réjouissions de les entendre et de les raconter. Seulement il y a quelque temps, le livre des merveilles s'est effacé et nos poètes se sont tus. Nous avons commencé à oublier notre enfance et à construire un monde de raison, c'est-à-dire d'intérêts et de vanité, un monde violent où l'espoir s'étiole…

Alors je suis parti à la recherche de Shéhérazade. J'ai remonté le fleuve jusqu'à la mer, où je me suis embarqué vers le Nord.

Les marins m'ont dit qu'il y existait des êtres singuliers, ni de chair, ni de sang. Je me suis imaginé que cela intéresserait peut-être Shéhérazade. Elle ressemble aux enfants qu'elle berce.

Nos vieilles histoires les ennuyaient. Ils réclamaient du neuf, du jamais vu, et regardaient par-delà les frontières. Alors j'ai pensé que peut-être… il en était de même pour leur enchanteresse.

Je me suis embarqué. J'ai remonté le fleuve, traversé le désert, escaladé les montagnes et arrivé au bord du Grand Océan, je me suis embarqué de nouveau vers le Nord. J'ai traversé la tempête et suis arrivé sur une terre de brumes. J'ai emprunté un chemin et l'ai suivi jusqu'au cœur de cette forêt où une femme merveilleuse, comme je n'en avais encore jamais vu, m'a accueilli chaleureusement parmi des créatures de rêve.

J'ai failli en oublier ma quête. Je me suis repris et j'ai quitté le château de la belle. J'ai marché toute une journée et suis arrivé près d'une fontaine où j'ai décidé de me reposer.

Là, une voix d'outre-tombe m'a raconté l'aventure de mon grand-père en ces lieux. Mais ce devait être un rêve, car quand je me suis éveillé de cette étrange torpeur, j'étais seul dans cette contrée ensorcelée d'où on ne peut s'échapper. Les choses sont-elles toujours aussi compliquées par ici ?

- A peu près, oui, répondit Nimue qui avait écouté avec attention. Mais d'ordinaire ce sont les chevaliers ou les princes qui sont mis à l'épreuve.

- Je n'ai rien d'un guerrier. Je suis poète. Moi, je ne combats pas, ni à pied ni à cheval. Je n'ai rien à conquérir, rien à prouver et rien à justifier. Je me contente du chant de la vie. J'aime ne rien faire au bord du fleuve. Regarder les reflets argentés danser sur les ondes. Ecouter la course des vents, les bavardages mélodieux des oiseaux et des Anciens. Les animaux sont mes compagnons, les rêves ma patrie. J'évite le commerce des Hommes et les pièges de l'amour. Que vais-je devenir sur cette terre de luttes et d'épreuves ?

Nimue le regarda fixement.
- Tu n'es pas ordinaire. Tu me rappelles cependant une très ancienne histoire que se racontaient les prêtresses d'Avalon.

- Eh bien puisque je dois recommencer ma vie ici, raconte-moi ta légende que je puisse la dire à mon tour.

- C'était l'histoire d'un certain Thomas, qu'on appelait le Faiseur-de-Rimes. Il pouvait aller et venir à sa guise d'un monde à l'autre, car l'antique déesse Awen, qu'on dit être la mère des muses, lui accordait sa protection. Depuis, les bardes et les druides peuvent en faire autant, en souvenir de lui. Et Merlin pouvait le faire…

- Mais Merlin dort et ne parle qu'aux rêveurs, n'est-ce pas ? Pourquoi donc invoquer Morghane s'il suffit de dormir et d'en appeler au magicien ?

- Parce que Viviane veille jalousement sur lui. Elle ne veut pas qu'il se réveille, elle craint son châtiment. Merlin avait initié Morghane aux secrets de sa magie. Et Morghane tenait le Val-sans-Retour jusqu'à ce que Viviane le lui enlève.

- Morghane n'est-elle pas aussi forte que Viviane ?
- Pas sans aide… Et la flûte enchantée lui serait d'une grande utilité. Mais je l'ai jetée vers le Grand Ouest.
- Pourquoi par là-bas ?
- C'est le royaume des Morts, personne n'en revient ou presque.

- Faudra-t-il descendre au royaume des Morts comme Perséphone ou la déesse Inanna ?

- Le royaume des Morts, ici, n'est pas un enfer où l'on descend souffrir les affres de la rédemption. Ce sont des îles bienheureuses et fortunées où vivent des êtres d'une grande beauté au milieu d'indicibles délices.

- Ah oui… fit Sofiane songeur, dans ce cas, je me sens pousser des ailes. Comment rejoindrons-nous la fée Morghane ?

En route vers Avalon

Nimue emmena Sofiane au bois Mitri où Jean Follet, un Tylwyth Teg, sorte de lutin des landes, gardait l'embarcadère féerique. Mais, arrivés là-bas, ils constatèrent avec dépit que le bois avait été rasé et le marais asséché.

A la place, une confrérie de moines avait érigé un monastère. Près de l'entrée, une pierre levée nommée *La Criée* attira l'attention de Nimue. Bien qu'il n'y ait personne autour, elle entendit les pleurs d'un enfant semblant venir de l'intérieur du menhir. Nimue s'approcha. Elle posa sa main sur le rocher. Il était chaud. Comme elle se reculait surprise, la pierre lui dit :
- Je suis le pauvre Jean Follet ! L'horrible Merlin m'a changé en pierre pour avoir failli à ma tâche. Mais que pouvais-je faire ? Tandis qu'il guerroyait auprès d'Arthur, les moines ont peu à peu fermé les accès de l'Autre Monde sur le continent... Aujourd'hui seuls les passeurs de mort assurent encore le transport. Le voyage est devenu dangereux, car les chiens d'Anyoun, le Seigneur de l'Au-delà, peuvent tout aussi bien vous conduire en enfer...
- Follet, nous devons absolument rejoindre l'île d'Avalon. Celui qui m'accompagne n'est qu'un

humain sans pouvoirs, comment dois-je m'y prendre pour le faire passer ?

- C'est difficile, répondit le pauvre lutin métamorphosé. Essaie quand même de négocier son voyage avec le gardien du cimetière.

Nimue soupira en jetant un coup d'œil à Sofiane. Elle remercia le Tylwyth Teg et revint vers son compagnon.

- Nous irons donc rencontrer le gardien du cimetière, lui annonça-t-elle.

Sofiane suivit bravement son hôtesse. Mais ce monde de revenants, de sortilèges et de guerres intestines lui pesait. Il gardait en son cœur le souvenir de jours meilleurs passés tranquillement à rêver sous les derniers feux du soleil. Finalement, il commençait à se demander s'il avait bien choisi son camp...

Dans cette contrée, le gardien du cimetière était le premier mort de l'année. Nos voyageurs eurent de la chance dans leur périple, car Erwan Laedec était décédé très âgé. De ce fait il connaissait encore les vieilles histoires d'antan.

Interrogé par Nimue, il lui apprit que les passeurs n'emportaient plus que les défunts, depuis que les portes du Sidh, l'Autre Monde celtique, avaient été refermées par les Chrétiens.

Cependant, il se souvenait de ce que racontaient les lavandières quand il était enfant.

- Une jeune femme du village qui servait au château fut abusée par un des fils du seigneur. C'était chose courante. Elle en eut un enfant que ses parents ne voulurent pas garder. Elle tenta de faire adopter le petit, mais personne ne le prit, craignant qu'il ne soit un changelin : un de ces enfants de fées qu'elles échangent avec les nôtres et qui ne nous sont pas une bénédiction quand on les garde.

La naissance de ce garçon amenait la honte. Alors, elle se résolut à le noyer un peu avant minuit dans le marais au bout du pont, derrière le château.

On ne parlait pas de ces pratiques désespérées parce que c'était scandaleux et que ça contredisait les principes chrétiens, mais beaucoup de pauvres filles faisaient de même et en gardaient une profonde souffrance, beaucoup de rancœur et un grand désespoir. Paradoxe de cette nouvelle religion qui condamne à la fois la venue au monde de ces malheureux enfants et leur assassinat !

On dit qu'en mourant le petit devint une gwarc'h, un de ces êtres de l'Au-delà chargés de nous faire payer nos fautes par Anyoun.

On dit aussi qu'il entraîna sa mère au fond de l'eau. Arrivée en enfer, le diable eut pitié d'elle et la renvoya hanter le marais, où depuis elle lave le linceul du bébé toutes les nuits à l'heure du crime.

Cette lavandière de nuit peut se montrer terrible envers les mortels, cependant, elle sait aussi fabriquer à partir de ses larmes de repentir un élixir capable de donner l'apparence de la mort. C'est ce qui permet aux initiés de l'ancienne croyance de passer d'un monde à l'autre sans se perdre aux enfers.

La Gwarc'h du marais

Nimue se résolut à rencontrer la gwarc'h. Elle vint au marais peu avant minuit, ayant pris soin de mettre ses vêtements à l'envers pour se protéger du mauvais œil. A l'heure dite, des brumes pâles émanèrent des eaux putrides. Peu à peu les vapeurs se condensèrent et prirent la forme d'une jeune femme qui vint sur le bord de la mare laver un linge d'une blancheur étonnante.

A l'approche de la vieille femme, le fantôme se retourna prestement montrant son horrible visage décomposé. Elle émit un sifflement qui effraya même une nymphe immortelle. Cependant, Nimue rassembla son courage et lui dit :
- Salut à toi, souveraine de ces eaux ! Je te souhaite courage et endurance pour supporter ton épreuve, car je sais qui tu es, quel calvaire tu as dû subir, et quelle injustice est à l'origine de ton crime. Je compatis à ta douleur et souhaite t'apporter quelque soulagement si je le puis…

La revenante s'était élancée, menaçante, vers le corps ratatiné de Nimue. La gwarc'h sembla hésiter et tendit son linge à la visiteuse. Nimue attrapa le drap maléfique et le tordit dans le même sens afin d'éviter toute malédiction. Le linge s'évanouit en fumée.

Le spectre prit alors une allure délicate reflétant l'ombre de ce que la jeune fille avait été de son vivant.

- Je m'appelle Anne. J'étais belle comme le jour et douce comme la brise. Mes parents espéraient beaucoup pour moi. J'étais aimée de mes proches. Je suis partie servir le maître comme nous le devons tous, et son fils a abusé de moi sans aucune pitié. Personne n'a pu me venir en aide ni me venger. Au lieu de compassion, j'ai dû affronter le mépris et la cruauté de ceux-là mêmes qui autrefois me louaient pour ma vertu. Je les ferais payer jusqu'à la fin des temps. Comme ils m'ont obligée à tuer mon enfant, j'exterminerai les leurs !! Mais tu ne sembles pas leur appartenir…

- Je ne suis pas humaine mais une nymphe des bois. Jadis j'ai encouru la colère d'une très puissante fée en la privant du moyen de vaincre son ennemie afin de protéger mon bien-aimé. Aujourd'hui je puis réparer mon erreur, mais je dois passer la frontière des terres invisibles avec un mortel, et les portes du Sidh lui sont fermées. Morghane a le pouvoir de ressusciter les morts, peut-être pourra-t-elle ranimer ton enfant et te délivrer de ta souffrance si tu m'aides à accomplir ma mission…

La Gwarc'h réfléchit longuement. Puis des larmes de cristal tombèrent dans ses mains. Elle les recueillit dans une fiole qu'elle portait autour du cou et tendit l'objet à Nimue.

- Puisses-tu dire vrai, dit-elle simplement. Que ton protégé n'en prenne que trois gouttes. Il s'endormira dans un profond sommeil, mais qui ne sera pas la mort, comme il a été donné à mon fils. A toi de trouver un enchanteur suffisamment puissant pour le réveiller…

La lavandière disparut… Nimue s'empara de la bouteille et revint vers Sofiane auquel elle fit boire trois gouttes du breuvage. Le conteur s'endormit et bientôt on entendit le lugubre grincement du chariot de l'Ankou. Il conduisit son équipage jusqu'au bord du fleuve des morts et là Nimue embarqua sur la barge du chien d'Anyoun.

- Quelle est la destination ? demanda celui-ci.
- Avalon, répondit Nimue.

La barge s'ébranla, se mit à glisser… Nimue ferma les yeux, cherchant à revivre un temps plus heureux où, jeune prêtresse, elle allait et venait d'un monde à l'autre selon son humeur.

Elle se remémora sa beauté enfuie… et déjà elle accostait sur le rivage des Vierges. Au loin, une dame chantait la douceur des heures du jour. Nimue débarqua sur sa terre natale…

Sofiane rencontre la fée Morghane

Lorsque Sofiane s'éveilla, la nuit était profonde et fraîche. L'endroit embaumait un parfum de fleurs. Près d'un feu, une grande femme vêtue de noir remuait un long manche dans un chaudron bouillonnant.

Sofiane se releva et se sentit vaseux. La femme laissa là son affaire et s'approcha de lui :

- Je suis Morghane, la Dame du Lac. Il vous a fallu beaucoup de courage pour arriver jusqu'à moi. Je vous connais, par les dires de Nimue, mais encore plus par les confidences de votre amie Shéhérazade.

- Shéhérazade est ici ?!!

- Elle l'était. Elle y est restée un certain temps. Mais elle a une véritable soif de vie votre héroïne. D'ailleurs, elle est aussi passionnante que passionnée. Shéhérazade nous a tout dit et elle a tout voulu savoir. Nous avons passé de longues nuits auprès d'Ali Baba, des vizirs, califes et autres sultans sortis de ses contes. Sans doute, certaines d'entre nous partiront-elles traverser le désert en quête d'illumination… Shéhérazade a largement mérité sa place au Conseil des Muses. Je l'ai emmenée moi-même auprès d'Awen aux Iles Fortunées…

Sofiane fut terriblement déçu.

- Comment la retrouverai-je maintenant ? Sa place est peut-être parmi les Muses, mais elle est surtout dans le livre des merveilles...

- Je te conduirai aux Iles Fortunées lorsque nous aurons retrouvé la flûte de Bachir et que vous aurez neutralisé Viviane.

La grande dame se leva et fit signe au conteur de la suivre. Ils traversèrent un verger aux pommiers merveilleux, près desquels une rivière de lait s'écoulait paisiblement. Avalon était à coup sûr une de ces îles resplendissantes que les légendes désignaient comme paradis. Le chant des oiseaux y était bien plus doux que nulle part ailleurs, et Sofiane regretta de n'y être pas invité pour ses facultés de conteur.

Bientôt ils rejoignirent Nimue que Sofiane découvrit sous sa véritable apparence : une belle jeune fille aux traits mélancoliques qu'il ne reconnut qu'à sa voix. Une cloche annonça l'heure du repas, le petit groupe se dirigea vers la Maison des Vierges où il était servi.

Le lendemain, Morghane les entraîna au sommet de la colline qui surplombait la mer. La nuit tombait.

- Je dois vous avouer ne pouvoir vaincre à moi seule les forces de Viviane. Lorsque je n'étais qu'une jeune princesse à la cour de Camelot, Merlin entreprit mon initiation, mais les temps étaient troubles et les conflits nombreux. Je n'avais pas la sagesse d'aujourd'hui, et je me suis contentée de bien peu : le don de double-vue au-dessus du miroir des eaux, le don de guérison, et quelques enchantements pour attirer l'amour des hommes et le retenir... J'étais en guerre contre Arthur mon demi-frère et je ne pardonnais pas à Merlin d'avoir trompé ma mère. Je les rendais responsables de la mort du Duc de Cornouailles, mon père. Aujourd'hui tout cela est bien loin et appartient déjà à un autre monde...

Morghane leur expliqua que Viviane et elle n'étaient pas les seules à connaître la magie de Merlin. Il en existait une autre : la redoutable Gwendydd, qu'on nommait aussi Ganiéda. C'était la sœur de Merlin. Une très ancienne déesse de la nature, réputée pour sa cruauté.

Afin de sauver les humains, auxquels elle s'en prenait particulièrement, Merlin dut la métamorphoser en drac, un redoutable serpent, et l'exiler aux enfers, d'où semblait-il elle s'était échappée, à moins que son père le Dragon, l'Antique Dieu à l'origine du monde, ne l'ait recueillie auprès de lui. Plus personne n'avait fait appel à elle depuis ce jour.

- Gwendydd est un démon, un très puissant démon. Mais elle seule connaît le Secret du Dragon, et donc le secret de Merlin…

- La flûte de Bachir a le pouvoir d'endormir les serpents dites-vous ? suggéra Sofiane. Nous pourrions nous en servir pour neutraliser Gwendydd et lui soutirer ce dont nous avons besoin.

- C'est une hypothèse, répondit Morghane songeuse.

- Nous n'en avons pas d'autre, affirma Nimue. Il nous faut le Secret du Dragon si nous voulons sauver Merlin.

- Reprendre le Val-sans-Retour, continua Morghane.

- Et retrouver Shéhérazade, murmura Sofiane.

- Je sais qui pourra retrouver cette flûte, annonça Morghane. Manannan mac Lyr, le dieu cavalier de la mer, qui habite au fond des eaux dans son palais de cristal…

- Nous n'irons pas aux Iles Fortunées ? risqua Sofiane.

- Non, répondit Morghane, pas cette fois. Nous embarquons pour le mont de South Barrul où réside Manannan. Mais je te donne ma parole que tu ne repartiras pas d'Avalon ou de Brocéliande sans avoir retrouvé Shéhérazade…

Le voyage extraordinaire

La barge d'Avalon arriva en vue des pentes du mont de South Barrul où se trouvait la forteresse de Manannan Mac Lyr. Un épais brouillard l'enveloppait.

- Il doit y avoir une menace en mer, dit Morghane, prenons le Chemin des Songes, la route des Hommes n'est pas sûre.

- Comment le savez-vous ? s'étonna Sofiane.

- Manannan n'enveloppe sa forteresse que lorsqu'il y a danger, lui répondit-elle.

Puis, voyant l'air soucieux du conteur, elle poursuivit.

- C'est le maître de cet océan, il est l'enfant de la mer et du dieu Lyr. Celui-ci est si ancien qu'on ne sait plus grand-chose à son sujet. Manannan est le plus puissant des Tuatha de Danann, la Tribu de Dana. C'est un grand magicien et il sait tout guérir. Il apparaît et disparaît à volonté, peut déchaîner ou calmer les flots, aider ou perdre un navire. C'est selon son humeur qu'il a capricieuse. Mais il est souvent d'un grand secours aux fées, car il en a épousé une. J'ai bon espoir qu'il nous aide.

La barge traversa le voile de brume, et le petit groupe débarqua au pied d'un chemin escarpé menant à l'imposante citadelle. Devant l'immense porte en bois, Morghane et Nimue joignirent les mains à hauteur de leur poitrine et Morghane commença à psalmodier :

- Les vraies communautés ont des desseins célestes. Le sorbier, arbre noble, est un guide éclairé pour conduire les Hommes vers des buts lumineux.

La porte se métamorphosa alors en un géant à la peau bleue comme les vagues. Ses longs cheveux verts entremêlés d'algues descendaient jusqu'au sol, et une forte odeur d'iode les entoura.

- Que me veux-tu, toi qui es née de la mer ?
- Je viens réclamer ton aide, car il y a fort longtemps une flûte fut jetée dans tes flots par erreur.

Nimue baissa humblement la tête.

- Aujourd'hui, cet instrument nous aiderait à mener à bien notre tâche, continua Morghane.

Manannan disparut de nouveau. Un vent s'éleva. En un tourbillon, tous trois furent transportés au fond des eaux dans un palais de cristal d'une rare beauté. Sofiane en eut le souffle coupé.
- Je n'aurais jamais cru qu'il pouvait exister de telles splendeurs, murmura-t-il.
- Tu es au royaume de l'Au-delà, lui répondit Nimue. Mais elle-même était fascinée par ce qui les entourait.

Morghane suivait déjà Manannan au fond de la grande salle aux murs translucides, à travers lesquels on pouvait voir évoluer la vie sous-marine. Manannan ouvrit une malle et se tourna vers Morghane :
- Regarde, peut-être y trouveras-tu quelque chose…

Morghane trouva effectivement la flûte de Bachir.
- La voilà, dit-elle satisfaite.

Elle prit tout son temps pour l'examiner.
- Je me souviens de tout maintenant.

Ses yeux brillaient d'une lueur sauvage.
- Je touche enfin au but.

Elle revint vers Sofiane et Nimue. Celui-ci remarqua comme son regard avait changé. Quelque chose de terrible se dégageait d'elle. Elle se planta devant Nimue :
- Avise-toi de t'en approcher encore et tu connaîtras la puissance de mon courroux…

La voix était sourde et le regard perçant. Nimue sembla s'effondrer. Elle ouvrit la bouche, mais ne put rien prononcer. Finalement elle détourna la tête. Morghane la toisa encore un moment puis s'en alla retrouver Manannan qui s'était assoupi dans un haut fauteuil de corail et de nacre.
- Nous te remercions de ton aide. Il nous faut repartir.

- Devrez-vous emprunter la route des Hommes ?
- Oui, car nous devons rejoindre le continent.
- Quelle est votre destination ?
- L'Antique Forêt, nous recherchons Gwendydd.
- Oh ! Il faut que vous soyez en grand péril... Je vous prêterai un de mes chars afin que vous alliez aussi bien sur terre que sur mer sous ma protection. Et je te remets une cape d'invisibilité, Fille des Eaux, car je redoute les intentions de Gwendydd. C'est la fille du Dragon.

Morghane accepta, remercia, salua et ils revinrent au rivage comme ils en étaient partis. A la place de la barge d'Avalon, se trouvait un des chars aquaterrestres de Manannan. Un transport magique invisible aux yeux des hommes. Morghane prit les commandes et ils disparurent en direction du continent.

Ils passèrent ainsi les plaines, les monts et les vallées ; traversèrent Brocéliande à l'aube, métamorphosés en moineau. Puis s'enfoncèrent à travers les marais jusqu'à l'orée des bois.

Au cœur de l'Antique Forêt

Il régnait là une lourde atmosphère. On baignait dans la moiteur diffuse d'une puanteur presque enivrante. Sofiane, épuisé par leurs courses, se sentit partir dans un demi-sommeil. Il entendit la voix de Morghane expliquer à Nimue :

- Nous voici à l'entrée de l'Antique Forêt. Celle dont nous sommes tous sortis, et celle que nous avons tous oubliée. Ici, nul Bien et nul Mal. Nous sommes à l'aube des Temps, quand rien n'était encore différencié. Nous pourrons y trouver l'aide comme l'attaque, l'ami comme l'ennemi, la vie comme la mort, car nous sommes sur les terres du Dragon. Le Père du Monde, Le Grand Fossoyeur... Puisse-t-il nous épargner...

- Peut-être vaut-il mieux laisser ici le conteur, avança Nimue que la peur glaçait au plus profond d'elle-même. Ce n'est qu'un homme, et devant l'essence même des choses ne risque-t-il pas de disparaître ?

- Nous le risquons tous, si tel est le vœu du Dragon. Mais contrairement à nous, l'homme a la faculté de renaître. Cependant, si tu désires laisser reposer Sofiane ici tandis que nous chercherons Gwendydd...

A peine Morghane avait-elle prononcé ces mots que la forêt sembla se mettre en marche pour les entourer.

Ils furent plongés dans les ténèbres et il fit très froid. On entendit le bruissement des feuilles. Quelque chose approchait... Puis, tout se calma. Une faible lueur blanchâtre éclaira l'endroit. Ni le jour ni la nuit, ni l'aube ni le crépuscule. Un temps d'avant le Temps... Un ailleurs dont l'étrangeté était pourtant familière...

Une femme apparut, longue, fine, diaphane... Une sorte d'apparition fantomatique. Nimue se souvint d'Anne, la lavandière de nuit... La nouvelle venue lui ressemblait. Morghane redressa la tête.

- Je suis Morghane, née de la mer, Dame d'Avalon...

- Oui, oui, répondit l'autre en se balançant doucement, je crois savoir tout cela...

Morghane perdit un peu de sa superbe. Mais elle se ressaisit.

- Je viens rencontrer la Dame de la Forêt, Gwendydd...

- Et que lui veux-tu, fille des Eaux ?...

Cette fois l'apparition, qui s'était rapprochée de Morghane et lui tournait lentement autour, leur parut inquiétante. Morghane regarda droit devant elle.

- Je viens chercher des enchantements spécifiques pour Viviane...

A ce nom, l'apparition eut un mouvement de colère et toute la nature en trembla.

- Qu'on ne me parle plus de cette maudite sorcière !! s'écria-t-elle en se précipitant menaçante sur Morghane.

Celle-ci baissa la tête pour éviter la main aux longues griffes qui allait s'abattre sur elle.

- Je ne suis pas sa messagère, au contraire, c'est pour l'abattre que je viens demander l'aide de la Grande Reine.

L'apparition suspendit son geste et recula un instant.

- C'est-à-dire ?

- J'ai besoin qu'elle me livre le Secret du Dragon pour libérer Merlin de l'envoûtement de Viviane.

- Rien que ça ? demanda l'apparition de plus en plus inquiétante. Mais n'es-tu pas toi-même l'élève de cet avorton de Merlin que mon père engendra en abusant d'une nonne ?

- Ygraine, ma mère, était sœur de Viviane, et par elle je détiens certains pouvoirs, il est vrai, que Merlin m'apprit à maîtriser dans ma jeunesse lorsque je vivais encore parmi les Hommes à la cour d'Arthur. Mais il ne m'a jamais rien révélé de sa magie, comme il l'a fait avec elle.

L'apparition leur tourna le dos.

- Tu penses que je vais partager le Secret du Dragon avec toi ?

Morghane dut se contracter pour garder sa contenance. Une pointe d'agressivité perça dans sa voix :

- Je ne sais pas. C'est le choix de la Grande Reine.

L'apparition ricana méchamment et son rire emplit l'atmosphère tel le tonnerre. Nimue alla s'abriter sous un arbuste épineux qui se trouvait là, elle était livide. Sofiane, quant à lui, observait tout cela les yeux écarquillés.

L'apparition s'enfonça dans la pénombre de la forêt. Sofiane se rapprocha alors de Morghane qui tremblait sous la cape de Manannan dont la magie leur était sans secours.

- J'ai vu sa langue lorsqu'elle parlait, murmura-t-il. C'est un serpent !! Ni plus ni moins, une langue de serpent comme on les voit au marché de Thèbes !! Je suis sûr que c'est une dragonne…

- N'en rajoute pas s'il te plaît !!

Ils restèrent debout côte à côte, en silence, attendant que quelque chose arrive. Mais rien ne se passa… Alors Morghane fit trois pas en avant et au moment où elle allait passer la lisière, la forêt entière se souleva jusqu'aux confins du ciel en un tourbillon de flammes et un vacarme sans pareil.

Les ombres se mêlèrent. Tout ce qui était séparé se réunit et bientôt l'informe se modela, se métamorphosa en plusieurs espèces, s'unit de nouveau, redevint magma et s'élança dans toutes les directions pour exploser en une gerbe de feu.

L'ombre apparut, grandit, prit ses marques, et la Dragonne s'éveilla, bête monstrueuse à la tête allongée, recouverte d'écailles et munie d'une gueule effrayante, d'où son énorme langue de serpent balayait les environs aussi tranchante qu'un sabre. Dans ses orbites profondément enfoncées brillaient ses yeux incandescents semblables au joyau qu'elle portait au front.

- Tu voulais voir la Grande Reine, n'est-ce pas ? Eh bien que ton vœu soit exaucé !!

La bête émit un horrible ricanement. Sa puissante queue faucha tout autour d'elle. Elle s'appuya sur ses lourdes pattes aux griffes acérées.

- Comment pauvre folle as-tu pu t'imaginer un seul instant que j'allais partager le Secret du Dragon avec toi ? Porter secours à cet ignoble petit crétin qui me sert de frère et qui m'a condamnée à rester enfermée dans l'oubli à jamais.

Cette fois la dragonne cracha deux longues gerbes de feu par ses naseaux rougeoyants.

- Jamais, m'entends-tu, jamais je ne révélerais ce secret. Viviane passera, comme tous les autres. Les Hommes sont faibles, orgueilleux, volages et infidèles. Votre temps est compté. Bientôt, ils vous oublieront pour assouvir leur insatiable soif de pouvoir. Ils se prennent pour des dieux et agissent en démons. Regarde-les détruire, trahir et vendre. Vous ne serez plus que de molles poupées qui amuseront leurs enfants. Et lorsqu'ils auront renié tout potentiel de rêve, ils se tourneront vers moi, ils réclameront leur part de cauchemars, car ils seront devenus aussi tordus et froids qu'un arbre mort... !!!

Nimue s'évanouit et la flûte de Bachir vint rouler aux pieds de Morghane. Elle la ramassa prestement et la tendit à Sofiane.
- Il est temps de faire tes preuves, lui dit-elle.
Tremblant de tous ses membres, le conteur Egyptien prit l'instrument, le porta à ses lèvres, ferma les yeux et commença à jouer...
Alors la bête, surprise, vint tout près de lui, le renifler. Puis elle recula, s'assit lourdement, balança sa tête à droite et à gauche. Ses énormes paupières rocailleuses s'abaissèrent peu à peu. Le charme semblait agir... Gwendydd la dragonne s'assoupit et sa tête de lézard vint s'affaisser sur le sol aux pieds de Morghane.
- Le charme a agi, s'étonna-t-elle, la bête dort !! La voilà sans défense, à notre merci.
- Tuons-la vite, s'exclama Nimue qui s'avançait déjà vers l'animal fabuleux.

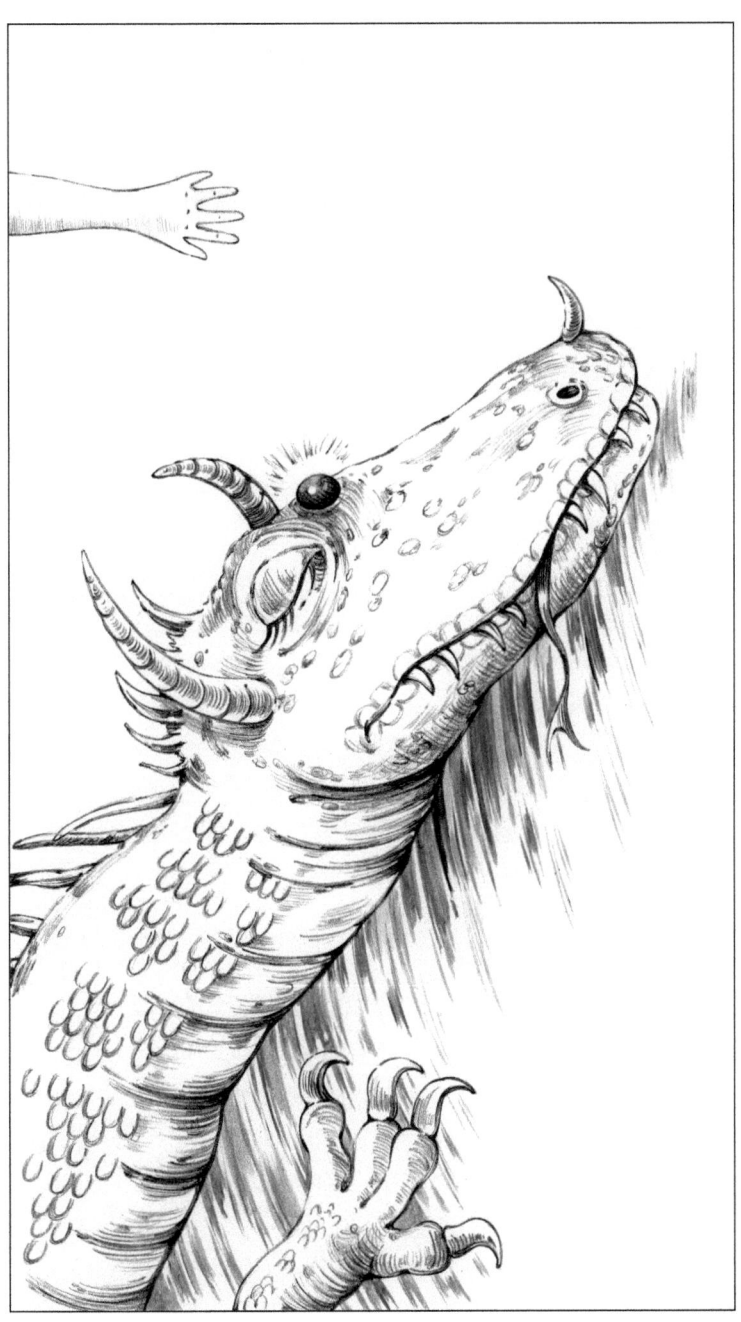

Morghane la retint :

- Attends, qu'est-ce que c'est ?

Morghane montrait une pierre rouge de forme ovale, grosse comme un œuf, fichée entre les yeux de Gwendydd.

Nimue se pencha au-dessus de l'objet.

- Je ne sais pas, dit-elle intriguée, peut-être sa corne, ou...

Elle n'eut pas le temps d'achever, car déjà sa main touchait la pierre, et au même instant, elle fut figée en statue, la perle enserrée entre ses doigts.

Morghane et Sofiane reculèrent. Une mince fumée s'échappa des naseaux du monstre qui sortit de son sommeil. Aussitôt Sofiane reprit son jeu, mais s'aperçut très vite que l'enchantement n'agissait plus. La bête fantastique se remit debout et rugit à pleins poumons. Morghane et le conteur coururent se réfugier sous l'arbuste de Nimue.

- Pauvres imbéciles, ricana Gwendydd, en m'enlevant la Pierre du Pouvoir vous m'avez libérée des envoûtements de Merlin. Voyez comme mes ailes repoussent et se déploient de nouveau. Grâce à elles je vais pouvoir quitter cette forêt de l'oubli et répandre ma fureur parmi les Hommes...

Elle fixa son regard incandescent sur la petite statue de pierre et voulut attraper la perle rouge, mais Nimue disparut.

La bête cracha deux gerbes de feu en direction du ciel, déploya ses immenses ailes noires et s'envola dans un effroyable vacarme. Morghane et le conteur restèrent prostrés derrière le petit arbuste.

- Qu'ai-je fait ? finit par dire Morghane.

- Vous avez libéré la fureur et la haine semble-t-il, lui répondit Sofiane.

- J'ai libéré une très ancienne force qui a déjà anéanti plusieurs mondes avant celui-ci… Si les Hommes disparaissent, nous disparaîtrons avec eux car nous n'existons que dans leurs rêves. Mais à la différence des âmes, nous ne pouvons renaître. C'est la loi de notre espèce, nous sommes parfaits et immortels, seul l'oubli peut nous faire disparaître mais, une fois oubliés, nous ne ressuscitons pas… Il nous faut des poètes, des conteurs, des chanteurs. Il nous faut des rêveurs qui parlent de nous, nous expriment, nous imaginent…

- Cette chose, si elle est des vôtres, ne se détruira pas elle-même ? avança Sofiane.

- Cette chose nous est antérieure, elle n'appartient pas aux rêves, mais au tréfonds de l'âme, c'est une créature des profondeurs qui relève des mystères de l'instinct. Elle a connu l'Homme lorsqu'il n'était encore qu'un être informe rampant au fond des océans… Elle a participé à son évolution en lui donnant l'instinct de survie. Longtemps elle a été sa toute-puissante maîtresse… Tout ce qui tue l'émerveillement sert son pouvoir et elle veut récupérer ses créatures… N'étais-je en fait qu'une sorcière comme on le disait si souvent à la cour d'Arthur. Je regrette à présent mon calme et monotone ennui d'Avalon !!

- J'aurais tant aimé savoir comment Shéhérazade a pu s'évader du livre des merveilles et vous rejoindre dans ce terrible imaginaire…
- Il y a des choses que tu ignorais. Lorsque le conte avait été dit, que les auditeurs et le conteur étaient retournés à leur réalité et que le livre avait été refermé, Shéhérazade chantait pour passer le temps. Or, il s'est trouvé qu'une fois, elle a chanté en regardant son reflet au-dessus d'une vasque pleine d'eau qui se trouvait sur une terrasse du palais. Nous communiquons avec les humains ou entre légendes à travers les eaux, le vent et les éclairs. Surtout si nous chantons… J'ai dû faire la même chose au même instant, et cela a ouvert un passage entre nos deux mondes. Nous nous sommes aperçues et nous avons entamé une très longue conversation sur nos ennuis réciproques… Shéhérazade a su me convaincre de la recevoir en Avalon. J'ai donc prononcé le charme et elle est arrivée par la voix des rêves. Je lui ai fait visiter nos vieilles légendes. Elle nous a raconté ses histoires et j'ai pensé qu'elle ferait grand effet au Conseil des Muses qui allait se tenir à quelque temps de là. Donc, je l'ai emmenée aux Iles Fortunées, chez Awen notre Mère. C'est là que j'ai reçu le message de Nimue m'annonçant ta venue, et donc la possibilité de me servir enfin de la flûte

enchantée pour reprendre à ma tante Viviane le Val-sans-Retour. Aujourd'hui cela m'apparaît si futile...

- Qui sait quand une aventure commence où elle nous conduira ? Nous avons fait ce que nous avons cru être le meilleur. C'est le lot de chacun, n'est-ce pas ? Nous agissons tous toujours ainsi...

- Vous laisserez-vous pour battus maintenant ?

Impossible de localiser cette voix. Morghane et Sofiane furent saisis d'effroi devant ce nouveau prodige.

- Qui est là ? demanda Morghane.

- Je suis l'ombre. Je suis l'autre. Je sourds. Je bruisse et respire au rythme de votre cœur. Je vous suis et vous échappe. Je vous prolonge et me distingue. Je suis une et je ne suis rien.

Devant eux se tenait l'ombre de Morghane. Indicible, impalpable.

- Y a-t-il un moyen de vaincre Gwendydd ? demanda la fée.

- De la vaincre ? Non. Personne ne peut la vaincre. Mais la ralentir, oui. La gêner, la contraindre, l'enfermer, oui, ça, on le peut. Gwendydd, si puissante soit-elle, est soumise aux lois communes de la naissance et de la mort. Elle a son propre cycle, et tout ce temps passé dans l'Antique Forêt sous la férule de la Pierre du Pouvoir l'a amoindrie. Il lui faudra se régénérer au Chaudron des Premiers Temps où toute vie bouillonne et renaît.

- Où est ce chaudron ? s'enquit Morghane.
- Ce n'est pas la bonne question. Ce qui compte n'est pas son but, mais le chemin qu'elle prendra pour l'atteindre. Car tout être possède une ombre qui la suit et qui lui échappe…

Une ombre concurrente qui cherche aussi à s'emparer du pouvoir. L'ombre de Gwendydd s'appelle Ganiéda et elle a un point faible…

Au fur et à mesure de son discours l'ombre de Morghane s'était peu à peu effacée, si bien que nos héros se retrouvèrent dans l'obscurité et le silence.

- Par où irons-nous? demanda Sofiane.
- Je ne sais pas.

L'aide de Cernunnos le dieu cerf

Morghane se leva et au même instant une lueur s'avança vers eux du fond de la forêt. Bientôt ils entendirent une sorte de galop, et un grand cerf blanc apparut.

- Cernunnos, le Roi-Cerf ! s'exclama Morghane. C'est le maître de la Forêt qui chaque année aux feux de Beltane vient féconder la Grande Déesse pour assurer de bonnes récoltes et un cycle prospère…

Morghane s'inclina. Sofiane l'imita. L'animal fabuleux s'approcha. Ils le montèrent. Alors le Roi-Cerf s'éleva dans les airs et les emmena en un éclair dans sa citadelle…

- Il faut vous reposer, dit Cernunnos. Une longue route vous attend encore. Soyez les bienvenus dans ma demeure.

Le Roi-Cerf les laissa et disparut par enchantement. Morghane et Sofiane-le-Conteur venu d'Egypte en Brocéliande pour ramener Shéhérazade dans le livre des merveilles, s'allongèrent sur leurs couches et se laissèrent enfin aller au sommeil qu'ils eurent étonnamment profond…

Cernunnos veilla à ce que nul rêve ne vînt les perturber, car il savait quelles épreuves les attendaient au réveil.

Le lendemain, il se présenta sous sa forme humaine. Cependant il portait toujours ses bois. Morghane prit la parole :

- Nous avons rencontré l'Ombre dans l'Antique Forêt. Elle nous a conseillé de rechercher celle de Gwendydd qui serait en route pour le chaudron des Premiers Temps. J'avoue ne plus rien comprendre.

- Vous avez pourtant déjà rencontré cette ombre, Ganiéda. C'est elle qui vous a accueillis à l'orée du bois. Elle est aussi vaporeuse que sa maîtresse est incandescente. Ténébreuse et sournoise, elle prend soin cependant des revenantes abandonnées. C'est la raison pour laquelle elle a sauvé Nimue des foudres de Gwendydd.

- Comment cela ? dit Morghane.

- Les portes du Sidh sont presque toutes fermées aux Hommes maintenant. C'est l'œuvre des prêtres. Sofiane ne pouvait passer la frontière pour rejoindre Avalon que mort ou laissé pour tel. Le gardien du cimetière a indiqué à Nimue que la lavandière de nuit possédait un élixir capable de simuler la mort. Nimue a donc eu le courage de rencontrer cette gwarc'h. Elle a éprouvé de la compassion pour elle et lui a promis d'intervenir auprès de toi, Morghane, pour que tu ressuscites son enfant. La lavandière lui a fourni l'élixir et Sofiane a pu passer le fleuve des morts pour te rejoindre en Avalon. Les lavandières de nuit sont sous la protection de Ganiéda, l'ombre de Gwendydd. En récompense de son attitude, Ganiéda a sauvé Nimue. Seulement Nimue enserre la Pierre du Pouvoir dans ses mains pétrifiées désormais. Si Gwendydd s'en empare, nous serons tous menacés.

- Comment retrouver Gwendydd ? s'inquiéta Morghane.
- Peut-être en retournant auprès de la lavandière, réfléchit Sofiane.
- C'est une excellente idée, reconnut Cernunnos. Ressusciter l'enfant de cette revenante libérerait son âme de l'enfer et Ganiéda aurait une dette envers vous. J'ai le pouvoir de faire franchir les portes de l'Au-delà, c'est pourquoi les Romains m'assimilaient à leur dieu Mercure. Je vous ramènerais aux marais de la gwarc'h.

Et ce qui fut dit, fut fait. Morghane et Sofiane se retrouvèrent instantanément auprès des eaux putrides. Ils durent attendre la nuit, et bientôt le spectacle auquel avait assisté Nimue se reproduisit. La gwarc'h apparut, menaçante, à son habitude. Morghane se présenta et demanda à être transportée auprès des restes de l'enfant. La lavandière l'entraîna donc au fond du marais où un nouveau-né éternellement endormi reposait sur un lit de vase. Morghane prononça le charme que Merlin lui avait enseigné pour ressusciter les soldats morts au combat. Le petit s'éveilla doucement. Sa mère l'enveloppa dans son linge blanc. Ils remontèrent à la surface des eaux. L'aube pointa à l'horizon. La lavandière reprit sa forme humaine, versa des larmes de cristal qu'elle enferma dans une fiole magique qu'elle tendit à Morghane avant de s'évaporer, cette fois-ci pour toujours, avec son enfant.

Là où se tenaient la mère et l'enfant, deux chênes majestueux poussèrent par magie. On dit depuis que leurs fruits guérissent les peines de l'âme et ramènent la justice.

La chasse au Dragon

Le fantôme de la lavandière disparu, Ganiéda se dévoila. Auprès d'elle était la statue de Nimue enserrant la pierre rouge.

- Que puis-je pour vous ? demanda Ganiéda, désormais je vous suis redevable de deux vies.

- Alors, répondit Morghane sans hésiter, je réclame votre aide pour contraindre Gwendydd à rejoindre l'Antique Forêt.

- Je ferais plus, dit Ganiéda. Emmenez-moi en Avalon car c'est le seul endroit où cela pourra se réaliser.

Cernunnos les ramena donc en Avalon. Toute une longue journée s'écoula, suivit d'une nuit dont ils ne crurent jamais voir la fin. Ganiéda avait un plan, mais elle n'en dit rien aux autres. D'ailleurs, personne ne la vit avant l'annonce de l'aurore. Elle apparut sous sa forme vaporeuse et conduisit l'assemblée au sommet de la colline qui surplombait la mer.

- Quand les premières lueurs de l'aube apparaîtront, j'appellerai ma maîtresse à mon secours. Tenez-vous loin de cette scène et restez silencieux. Gwendydd doit me croire seule. Je vous ai enduits de mes vapeurs, ainsi elle ne repérera pas votre présence.

Ganiéda s'avança au bord de la falaise. Elle émits un son rauque qu'elle répéta à chaque expiration, de plus en plus longuement. Peu à peu elle modula sa voix, et le son devint un chant, ou plutôt une mélopée, étrange, au rythme lourd qui semblait s'enraciner au plus profond de la terre. A son commandement les brumes de la mer s'élevèrent et vinrent recouvrir le sol à l'image de l'océan.

Ganiéda entonna le chant des naufragés. On entendit au loin les appels de la bête. Et bientôt Gwendydd apparut survolant Avalon à la recherche de son ombre.

- Montre-toi, maudit reflet, envoie-moi un signe que je te retrouve et t'emporte en mon sein !

Ganiéda reprit son chant et leva un bras languissant au-dessus des flots de brume. Gwendydd fonça pour la récupérer et ce faisant ses pattes griffues effleurèrent le sol. On entendit alors un formidable rugissement. La patte de la dragonne colla au sol et Gwendydd se consuma en un bref instant.

Le soleil se leva et les brumes se dispersèrent. Par terre, un tas de cendres dégageait une faible fumée. La terre était devenue noire. Ganiéda regardait les cendres.

- Voilà, dit-elle, ce fut fort simple. Mais il fallait savoir que la dragonne ne pouvait toucher terre en dehors de l'Antique Forêt sans se consumer. Je n'aurais cependant rien pu faire en Brocéliande ou chez les Hommes, car seul Avalon peut confondre ses eaux à la terre. Voilà, j'ai fait ce que j'avais à faire. Je vous dois encore une vie. Mais je ne peux changer Nimue. Seul celui qui pourra lui prendre la Pierre du Pouvoir la libérera.

- Qui est-ce ? demanda Sofiane, que nous partions à sa recherche.

- C'est Merlin, répondit Ganiéda. Et elle s'évapora.

- Sommes-nous sauvés maintenant ? s'enquit encore Sofiane.

- De Gwendydd ? Oui, répondit Cernunnos. La dragonne a disparu mais son ombre Ganiéda a récupéré sa puissance. Elle ne peut cependant influencer les Hommes qu'en trois circonstances : la fièvre, l'ivresse et le coït. A ces moments-là, les instincts tutélaires sont prêts à déferler dans l'imaginaire ou la conscience et nous en payons le prix. Au moins avez-vous récupéré Nimue et la Pierre du Pouvoir…

- La flûte aussi, poursuivit Morghane, car un autre conteur nous est venu d'Egypte pour en jouer. Nous partirons demain pour Brocéliande.

- Mais nous n'avons pas appris le Secret du Dragon, remarqua Sofiane.

- Nous n'aurons pas ce secret. Seul Merlin le possède et nous ne sommes pas de son espèce. Trouvons un autre moyen de le réveiller.

- Alors pourquoi ne pas lui demander directement ? proposa Sofiane.

Morghane le regarda étonnée. Il poursuivit :

- Merlin parle aux dormeurs... Je vais retourner à la fontaine de Barenton là où m'étant endormi, il m'a raconté l'histoire de mon grand-père. Il sait que ma flûte peut enchanter Viviane et ses suivantes, peut-être n'a-t-il besoin de rien d'autre pour se libérer...

- C'est une hypothèse, réfléchit Morghane. Il nous faut de toute façon agir directement en Brocéliande maintenant.

Lorsqu'ils eurent quitté la place, un homme à la peau recouverte de terre, grossièrement vêtu de feuillage et coiffé de branches entremêlées, sortit de l'ombre. Il ramassa avec un soin extrême les cendres de Gwendydd qu'il mit dans une sorte de sacoche en peau. Ses yeux rouges flamboyaient.

- Voilà, ma chère enfant. Je t'ai récupérée. Je vais te ramener dans notre antre au fond de la terre et te ressusciter, par les flammes qui te virent jaillir la première fois. Qu'ils aillent et qu'ils viennent. Qu'ils fassent ce qu'ils croient bon de faire. Moi, je veille, à chaque instant, pour que l'équilibre des mondes ne bascule pas en faveur d'un hypothétique bien ou d'un prétendu Mal. Qu'est-ce que l'intrigue ? Ils ne le savent... Pas plus que l'auditeur... Alors au-dessus du meneur de jeu, je veille… à ce que les portes des légendes restent ouvertes à chaque auteur…

L'Homme Sauvage plongea dans les flots du haut de la falaise. Dans sa chute il reprit sa forme originelle et c'est le Dragon lui-même que l'océan accueillit.

Le retour de Merlin et de Shéhérazade

Morghane et le conteur se rendirent grâce à l'aide de Cernunnos auprès de la fontaine de Barenton et Sofiane finit par s'endormir.

- Je dors, je rêve… Et en rêvant je cherche… Je cherche comment sortir de ce rêve…

- Quand rêves-tu le plus, mon ami ? lui demanda la voix basse de Merlin, éveillé dans ce monde de fous ou endormi dans les bras de la nuit ?

- Je ne sais pas… Les Sages disent que tout est un songe… Et cela me contentait jusqu'à ce dernier séjour… J'aspire à la paix. Je voudrais bien rentrer chez moi avec Shéhérazade et reprendre ma vie tranquille de conteur…

- Je te comprends bien mon ami. Peut-être est-ce la raison qui m'a poussé un jour, à confier tous mes charmes à l'ambitieuse Viviane… Je savais ce qu'elle allait en faire et je n'ai rien fait pour l'en empêcher. J'étais fatigué des combats des Hommes, de leur perpétuel appétit de pouvoir et de vengeance. J'étais encore plus las des sempiternelles rivalités des anciens dieux et des nouvelles créatures. J'ai souhaité le repos et elle me l'a accordé…

- Dois-je comprendre que vous ne voulez pas vous réveiller ?

- Pour repartir en batailles et chevauchées, voir mourir les rois que j'ai élevés, couvrir leurs trahisons, réparer leurs erreurs ? Oh non ! Merci, j'ai suffisamment pris part à la marche du monde. J'aime assez parcourir les rêves des dormeurs.

- Sire Merlin, si vous ne vous réveillez pas, Morghane ne reprendra pas le Val-sans-Retour qui lui tient tant à cœur. Elle ne me conduira jamais aux Iles Fortunées où Shéhérazade siège au Conseil des Muses. Le livre des merveilles restera définitivement fermé. L'Orient mythique sombrera dans l'oubli. Je ne peux pas laisser faire cela. Voyez le long et pénible voyage que j'ai entrepris. Ayez pitié, faites quelque chose pour que cela n'arrive pas... Réveillez-vous.

Merlin réfléchit longtemps, longtemps, longtemps...

- Viviane porte au front la clef des songes dans son pendentif en forme de croissant de lune. Si tu l'endors, que Morghane récupère la clef et me la jette dans la vasque de cristal de Viviane. Agissez pendant la dernière heure de la troisième nuit. Je vous attendrais...

Ainsi fut dit, ainsi fut fait. Morghane se déguisa en fille de cuisine et Sofiane revint au château proposer ses services à la Dame du Val qui les accepta avec grand plaisir. Il demanda qu'une fête soit organisée en l'honneur de leurs retrouvailles. Et cela lui fut aussi accordé.

Ainsi, à la dernière heure de la troisième nuit, Sofiane réunit toutes les demoiselles de Viviane en une seule salle. Il se mit à chanter, puis à jouer de sa flûte qui, comme on l'avait espéré, endormi toutes ses belles dames. Morghane vint prendre la clef des songes au front de Viviane et la jeta dans la vasque de cristal.

On vit alors Merlin l'Enchanteur renaître de ses cendres. La première chose qu'il fit, fut de prendre la Pierre du Pouvoir et Nimue se réveilla métamorphosée en colombe. Sofiane s'en étonna.

- Tu comprendras, jeune conteur, qu'à mon âge on préfère avoir un bel oiseau qui chante plutôt qu'une donzelle énamourée qui vous fatigue.

Nimue, vexée, s'envola. Mais Viviane revint à elle et Merlin lui planta la Pierre du Pouvoir entre les yeux. Immédiatement on la vit devenir une sorte de grand serpent muni de courtes nageoires.

- Prends ça, fieffée trompeuse !! s'écria Merlin. Goûte aux joies des enchantements !! Voilà, je te condamne à ramper dans les marais sous forme de serpent au corps recouvert de grosses écailles. Ta tête sera effrayante et je te fais la queue fourchue. Cependant, je t'accorde cinq nuits dans l'année où reprendre forme féerique jusqu'à l'aube. Prends garde alors qu'on ne vienne te voler le joyau que tu portes au front, car tu resteras définitivement serpent et de plus tu seras entièrement soumise à celui ou celle qui t'aura dépossédée. Désormais, tu hanteras les contes sous le nom de Vouivre... Va et que je ne croise plus jamais ta route !!!

Viviane disparut par une fente du mur tel un lézard, tandis que ses suivantes redevenues simples oiseaux s'envolaient à tire-d'aile en piaillant.

- Vous voilà de nouveau Dame du Val, dit Sofiane à Morghane, tiendrez-vous votre parole et me conduirez-vous enfin auprès de Shéhérazade ?

Morghane tint sa parole. Sofiane retrouva Shéhérazade au Conseil des Muses des Iles Fortunées. Leurs retrouvailles furent plutôt distantes.

- J'ai traversé tous les enchantements des bois, des forêts, des fontaines, des marais et de l'océan pour te retrouver. Je mérite que les choses redeviennent comme avant et de rentrer chez moi faire mon métier de conteur comme je l'ai toujours fait. Retourne dans le livre des merveilles maintenant.
- Oui, oui, fit Shéhérazade songeuse. Je te trouvais lymphatique et mou. Je pensais que tu n'étais qu'un perroquet répétant inlassablement ce que les Anciens t'avaient appris sans une once d'imagination. Je te trouvais fantoche. Mais j'avoue que tu m'as étonnée. J'en ai bien plus appris par ton récit

que par mon propre séjour ici, où je n'ai jamais rencontré que les prêtresses d'Avalon et la compagnie d'Awen. Il est temps pour moi aussi de retourner sur les routes des Hommes leur raconter toutes ces fabuleuses histoires que nous connaissons bien… Montre-moi la voie, cher conteur, je te suis…

Gracieuse et souriante, Shéhérazade accompagna Sofiane jusqu'à la tranche du livre des merveilles. Là, d'un bon coup dans le dos, elle le fit basculer jusqu'à la trame du texte.

Remis de sa chute et de sa surprise, Sofiane, ne distinguant pas où il était, s'emporta :
- Mais qu'est-ce que c'est encore que ça ?
- C'est la fin de l'histoire, cher conteur. Je t'ai fait basculer dans ton fameux livre des merveilles où tu retrouveras ton ami Merlin. C'est lui qui m'a donné le pouvoir d'intervertir nos rôles. Désormais, c'est moi la conteuse et toi le héros. Les routes de l'imaginaire sont vastes et Merlin avait envie de voyager en ta compagnie. J'irai de par le monde suivre tes aventures, et tu peux compter sur moi pour les transmettre à qui voudra les entendre…

Ainsi se termine ce conte de Shéhérazade en Brocéliande. Ce qui ne veut pas dire que ses aventures s'arrêtent là, mais comme dit l'épilogue :

Ceci est une autre histoire...

Table des Matières

Au pays de féerie	7
Les révélations de Merlin	13
Le retour de Bachir	15
Le conteur et la sorcière	19
La confession de Nimue	21
Le charme de Bachir	23
Sofiane conte Shéhérazade	27
En route vers Avalon	33
La Gwarc'h du marais	37
Sofiane rencontre la fée Morghane	41
Le voyage extraordinaire	45
Au cœur de l'Antique Forêt	49
L'aide de Cernunnos le dieu cerf	61
La chasse au Dragon	67
Le retour de Merlin et Shéhérazade	73

La Légende Des Mondes
Collection dirigée par Isabelle Cadoré, Denis Rolland, Joëlle et Marcelle Chassin

Dernières parutions

Abdallah SAID, *Zéna et l'oiseau aux œufs d'or. Contes des Comores*, 2009.
Pogba GBANACE, *Contes kpèlè de Guinée*, 2009.
Aly Gilbert IFFONO, *Contes et légendes kissi. Guinée, Liberia et Sierra Léone*, 2008.
Sèbè Lamine KOUYATE, *Au royaume de Ninkin-Nankan*, 2008.
Claudy LEONARDI et Adriana BOTKA, *Le secret des coffres. Contes hongrois d'après Benedek Elek*, 2008.
Sophie de MEYRAC, *Le cachalot de Nunak. Contes de la Banquise*, 2008.
Joëlle VAN HEE, *La femme-eucalyptus. Contes et nouvelles d'aujourd'hui*, 2008.
Mauricienne FORTINO & Michel LAUNEY (Coord.), *L'ancien et le Wahamwi. Récits palikur d'animaux fabuleux d'Amazonie/Guyane. Bilingue palikur-français*, 2008.
Youcef ALLIOUI, *L'oiseau de l'orage. Contes kabyles. Texte bilingue berbère-français*, 2008.
Claude BOURGUIGNON & Guillermo ATIAS, *Là-où-finit-la-terre. Contes du Chili*, 2008.
Mandiouf Mauro SIDIBE, *Saranké et l'homme sans cicatrice. Conte de Guinée*, 2008.
Bernard N'KALOULOU, *Le verger de N'Go le léopard. Contes du Congo-Brazzaville*, 2008.
N'Tji Idriss MARIKO, *Moriba Yassa le paresseux. Contes du Mali*, 2008
Chérif SECK, *Sur la route de Diana-Ba. Contes du Sénégal en pays Mandé et Fouladou*, 2008.
Raouf MAMA, *Zinsa et Zinhoué, les sœurs jumelle. Contes fon du Bénin*, 2008.
Codruta TOPALA, *Fils des larmes. Contes roumains*, 2008.
Christian Elo GABA, *Le tam-tam des animaux*, 2008.
Colette DUMAS, *Salomé*, 2008.

L'HARMATTAN, ITALIA
Via Degli Artisti 15 ; 10124 Torino

L'HARMATTAN HONGRIE
Könyvesbolt ; Kossuth L. u. 14-16
1053 Budapest

L'HARMATTAN BURKINA FASO
Rue 15.167 Route du Pô Patte d'oie
12 BP 226
Ouagadougou 12
(00226) 76 59 79 86

ESPACE L'HARMATTAN KINSHASA
Faculté des Sciences Sociales,
Politiques et Administratives
BP243, KIN XI ; Université de Kinshasa

L'HARMATTAN GUINEE
Almamya Rue KA 028
En face du restaurant le cèdre
OKB agency BP 3470 Conakry
(00224) 60 20 85 08
harmattanguinee@yahoo.fr

L'HARMATTAN COTE D'IVOIRE
M. Etien N'dah Ahmon
Résidence Karl / cité des arts
Abidjan-Cocody 03 BP 1588 Abidjan 03
(00225) 05 77 87 31

L'HARMATTAN MAURITANIE
Espace El Kettab du livre francophone
N° 472 avenue Palais des Congrès
BP 316 Nouakchott
(00222) 63 25 980

L'HARMATTAN CAMEROUN
BP 11486
Yaoundé
(00237) 458 67 00
(00237) 976 61 66
harmattancam@yahoo.fr

Achevé d'imprimer par Corlet Numérique - 14110 Condé-sur-Noireau
N° d'Imprimeur : 812972 - Juin 2018 - Imprimé en France